たったひとりの
愛する人への想いから生まれ、
何年もの時を経て、
いまなお世界中の
何百万人以上の心を震わせ続ける、
ひとつの詩があります。

最後だと
わかっていたなら

イラスト版

ノーマ・コーネット・マレック〈作〉　佐川 睦〈訳〉
panaki〈イラスト〉

sanctuarybooks

あなたが眠りにつくのを見るのが
最後だとわかっていたら

わたしは
もっとちゃんとカバーをかけて
神様にその魂を守ってくださるように
祈っただろう

あなたが
ドアを出て行くのを見るのが
最後だとわかっていたら

わたしは　あなたを抱きしめて　キスをして
そしてまたもう一度呼び寄せて
抱きしめただろう

あなたが
喜びに満ちた声を
あげるのを聞くのが
最後だとわかっていたら

わたしは　その一部始終をビデオにとって
毎日繰り返し見ただろう

あなたは言わなくても
わかってくれていたかもしれないけれど

最後だとわかっていたら
一言だけでもいい…
「あなたを愛してる」と
わたしは　伝えただろう

たしかにいつも明日はやってくる
でももしそれがわたしの勘違いで
今日で全てが終わるのだとしたら、

わたしは　今日
どんなにあなたを愛しているか　伝えたい

そして　わたしたちは
忘れないようにしたい

若い人にも　年老いた人にも
明日は誰にも約束されていないのだということを

愛する人を抱きしめられるのは
今日が最後になるかもしれないことを

明日が来るのを待っているなら
今日でもいいはず

もし明日が来ないとしたら
あなたは今日を後悔するだろうから

微笑みや　抱擁や　キスをするための
ほんのちょっとの時間を
どうして惜しんだのかと

サンクチュアリ出版 年間購読メンバー
クラブS

あなたの運命の1冊が見つかりますように
基本は月に1冊ずつ出版。

サンクチュアリ出版の刊行点数は少ないですが、
その分1冊1冊丁寧に、ゆっくり時間をかけて制作しています。
クラブSに入会すると…

1 サンクチュアリ出版の新刊が
自宅に届きます。
※もし新刊がお気に召さない場合は他の本との交換が可能です。

2 サンクチュアリ出版で開催される
イベントに無料あるいは
優待割引でご参加いただけます。
読者とスタッフ、皆で楽しめるイベントをたくさん企画しています。

イベントカレンダー
はこちら!

3 ときどき、特典のDVDや小冊子、
著者のサイン本などのサプライズ商品が
届くことがあります。

詳細・お申込みは WEB で
http://www.sanctuarybooks.jp/clubs

メールマガジンにて、新刊やイベント情報など配信中です。
登録は ml@sanctuarybooks.jp に空メールを送るだけ!

Facebook で交流しよう https://www.facebook.com/sanctuarybooks

サンクチュアリ出版 =本を読まない人のための 出版社

はじめまして。
サンクチュアリ出版 広報部の岩田です。
「本を読まない人のための出版社」…って、なんだソレ！って
思いました？ ありがとうございます。
今から少しだけ自己紹介をさせて下さい。

今、本屋さんに行かない人たちが増えています。
ゲームにアニメ、LINEにfacebook……。
本屋さんに行かなくても、楽しめることはいっぱいあります。
でも、私たちは
「本には人生を変えてしまうほどのすごい力がある。」
そう信じています。

ふと立ち寄った本屋さんで運命の1冊に出会ってしまった時。
衝撃だとか感動だとか、そんな言葉じゃとても表現しきれ
ない程、泣き出しそうな、叫び出しそうな、とんでもない
喜びがあります。

この感覚を、ふだん本を読まない人にも
読む楽しさを忘れちゃった人にもいっぱい
味わって欲しい。
だから、私たちは他の出版社がやらない
自分たちだけのやり方で、時間と手間と
愛情をたくさん掛けながら、本を読む
ことの楽しさを伝えていけたらいいなと思っています。

忙しさを理由に
その人の最後の願いとなってしまったことを
どうして　してあげられなかったのかと

だから　今日
あなたの大切な人たちを
しっかりと抱きしめよう

そして　その人を愛していること
いつでも　いつまでも
大切な存在だということを
そっと伝えよう

「ごめんね」や「許してね」や

「ありがとう」や

「気にしないで」を

伝える時を持とう

そうすれば
もし明日が来ないとしても
あなたは今日を後悔しないだろうから

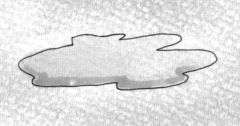

Tomorrow Never Comes
Norma Cornett Marek

If I knew it would be the last time that I'd see you fall asleep,
I would tuck you in more tightly, and pray the Lord your soul to keep.
If I knew it would be the last time that I'd see you walk out the door,
I would give you a hug and kiss, and call you back for just one more.

If I knew it would be the last time I'd hear your voice lifted up in praise,
I would tape each word and action,
and play them back throughout my days.
If I knew it would be the last time, I would spare an extra minute or two,
To stop and say "I love you," instead of assuming you know I do.

So just in case tomorrow never comes, and today is all I get,
I'd like to say how much I love you, and I hope we never will forget.
Tomorrow is not promised to anyone, young or old alike,
And today may be the last chance you get to hold your loved one tight.

So if you're waiting for tomorrow, why not do it today?
For if tomorrow never comes, you'll surely regret the day
That you didn't take that extra time for a smile, a hug, or a kiss,
And you were too busy to grant someone,
what turned out to be their one last wish.

So hold your loved ones close today and whisper in their ear
That you love them very much, and you'll always hold them dear.
Take time to say "I'm sorry," … "Please forgive me," …
"thank you" or "it's okay".
And if tomorrow never comes, you'll have no regrets about today.

最後だとわかっていたなら
作　ノーマ・コーネット・マレック　訳　佐川睦

あなたが眠りにつくのを見るのが
最後だとわかっていたら
わたしは　もっとちゃんとカバーをかけて
神様にその魂を守ってくださるように
祈っただろう

あなたがドアを出て行くのを見るのが
最後だとわかっていたら
わたしは　あなたを抱きしめて　キスをして
そしてまたもう一度呼び寄せて
抱きしめただろう

あなたが喜びに満ちた声をあげるのを聞くのが
最後だとわかっていたら
わたしは　その一部始終をビデオにとって
毎日繰り返し見ただろう

あなたは言わなくても
わかってくれていたかもしれないけれど
最後だとわかっていたら
一言だけでもいい…「あなたを愛してる」と
わたしは　伝えただろう

たしかにいつも明日はやってくる
でももしそれがわたしの勘違いで
今日で全てが終わるのだとしたら、
わたしは　今日
どんなにあなたを愛しているか　伝えたい

そして　わたしたちは　忘れないようにしたい

若い人にも　年老いた人にも
明日は誰にも約束されていないのだということを
愛する人を抱きしめられるのは
今日が最後になるかもしれないことを

明日が来るのを待っているなら
今日でもいいはず
もし明日が来ないとしたら
あなたは今日を後悔するだろうから

微笑みや　抱擁や　キスをするための
ほんのちょっとの時間を
どうして惜しんだのかと
忙しさを理由に
その人の最後の願いとなってしまったことを
どうして　してあげられなかったのかと

だから　今日
あなたの大切な人たちを
しっかりと抱きしめよう
そして　その人を愛していること
いつでも　いつまでも
大切な存在だということを
そっと伝えよう

「ごめんね」や「許してね」や
「ありがとう」や「気にしないで」を
伝える時を持とう
そうすれば　もし明日が来ないとしても
あなたは今日を後悔しないだろうから

おわりに

　数年前、わたしはこの詩に出会った。
　7年間のアメリカ留学を終えて日本に戻り、ようやく生活が落ち着いた頃だ。以前から、留学時代の友人が、自分の心に触れた文章や画像を時折Eメールで送ってくれていた。この詩も、そのささやかな贈り物のうちのひとつだった。

　作者はアメリカ人の女性で、ノーマ・コーネット・マレック（Norma Cornett Marek）という。当時はこの詩に関してそれ以上の情報がなく、ただ2001年9月11日に起きた、あの同時多発テロの後、チェーンメールとして世界中に広がっている、という事実だけを耳にしていた。

　この詩から強い衝撃を受けたわたしは、日本語に訳そうと思い立ち、すぐに作者と連絡を取ろうと試みたが、残念ながら叶わなかった。作者はすでにガンで亡くなられていたのだ。
　代わりにノーマの作品を管理しているという、彼女の親友ジュディ（Judy）と話をして、日本語訳の快諾を得た。

そして翻訳した「最後だとわかっていたなら」を自分のホームページにのせたところ、その存在はまたたく間に知られ、紹介するインターネットのサイトやブログは1000を超えた。
　たしかに素晴らしい詩であることには間違いないが、その反響の大きさは想像を超えていた。その理由は、すぐに判明した。
　"9.11テロの時、救出作業の途中に亡くなった29歳の消防士が、生前に書き残した詩"
　紹介してくれている、ほぼすべてのページに、そう書かれていた。
　この数行に満たない短いエピソードが、この詩を読んだ多くの人の想像力をかきたて、大規模な口コミにつながっていたようだ。
　しかし先に触れたように、それは事実ではない。

「最後だとわかっていたなら」の原作「Tomorrow Never Comes」は、アメリカで生活する女性・ノーマが、亡くなった我が子を偲んで書いた詩だった。
　ノーマはケンタッキー州の美しい山々に囲まれた大自然の中で生まれ、軍隊に出向いている父、そして遠方の軍事工場で働く母の代わりに、やさしい祖母に大切に育てられた。

幼い頃から詩を書くこと、絵を描くことが大好きだった。そして祖母と同じように平和を尊び、誰に対しても親切な、愛情深い女性だった。

　やがて成人したノーマは2児の母となり、その後夫と離婚した。と同時に、命よりも大切な子どもを失ってしまった。ノーマが親権を得たにもかかわらず、夫がふたりの子どもを連れ去ってしまったのだ。

　ノーマは警察の協力のもと必死に子どもの行方を探したが、消息をつかめぬまま時間だけが過ぎていった。

　そして突然の息子の訃報。失踪して、2年後の出来事だった。

　10歳だった長男のサムエルは、弟と水辺で遊んでいた時、遠くで小さな子どもが溺れているのを見つけた。それを助けようとして自分も溺れてしまったのだ。

　その後、ノーマは悲しみを抱えたまま、残された次男とふたりで暮らした。しかし亡くなったサムエルのことは決して忘れられない。

　長男に伝えたかったけれど、伝え切れなかった数々の言葉、想い。

それらをノーマは一篇の詩に託し、1989年に発表した。その15年後、ノーマはガンにより永眠。テネシー州に埋葬された。

　この詩は、作者の悲愴な体験が生み出したものだった。
　そしてそれを偶然目にし、共感した誰かが、9.11テロの時に亡くなった人々を偲び、平和を訴えるために、無断で配信したのだ。それが徐々に世界中で広がっていった。
　ノーマ自身も、自分の詩がチェーンメールで勝手に出回っていたことを知らなかったわけではない。戸惑いを感じつつも、しかし平和的に読まれていることについて、むしろ光栄に思っていたようだ。

　この詩に共感した世界中の人々と同様に、わたしもこの事実を知り、さらに魂を強く揺さぶられる思いがした。

＊　＊　＊

ー「ごめんね」や「許してね」や「ありがとう」や「気にしないで」を伝える時を持とう

 この詩をはじめて読んだ時、亡くなった姉がわたしに語りかけているような気がした。

 1992年12月のはじめ、わたしが大学4年の冬。実家の母から電話が来た。姉・かおりの具合が悪くなった、入院が必要だという。
 わたしの姉は高校の時に交通事故にあって以来、体が弱くなってしまい、ずっと入退院を繰り返していた。その当時も大学院を休学して、実家で静養していた。

 わたしは「またかぁ、早く良くならないかなぁ」とぼんやり思いつつ、すでにすっかり慣れてしまった入院の準備をして、母と協力しながら姉を病院に連れて行った。
 またすぐに退院するだろう、という思い込みがあった。
 しかし入院後、姉の体はどんどん動かなくなっていった。脳の細胞が徐々に機能しなくなり死に至る、病名のない難病。交通事故の後遺症だった。そして、その事故を引き起こした張本人である姉の婚約者は、姉の発病後しばらくして、消息を絶ってしまった。

はじめは手が動いたので、筆談でコミュニケーションをとった。姉はつらいのに、そんな中でも相変わらず冗談を言って、わたしを笑わせた。そうして1ヶ月が過ぎ、食事もできなくなり、トイレにも行けなくなった。…本当にあっという間に、姉は体のすべてのコントロールを失った。父と母とわたしと、交代で泊まりこんでの看病。昼夜なく襲う全身の痙攣と筋肉の攣りは、いくら3人でマッサージをしても治らなかった。でも、がんばった。4人でなら、この怪獣みたいな病気にだっていつか勝てると信じて、がんばった。

　春がきて、姉の病状はどんどん悪くなっていった。両親とわたしは、姉を連れて帰りたかった。大好きな福島の家で死なせてあげたかった。大学病院の先生や看護師さんたちは、自宅での介護の仕方を丁寧に1冊のノートに書いてくださった。別れる時には、みんな泣いていた。小さな頃から人気者だった姉は、病気になってもやっぱり人気者だった。
　初夏を迎えた頃、実家での看病が始まった。姉は、お気に入りのピアノのある、家で一番陽当たりのいい応接室にベッドを置いて寝ていた。東京にいる時よりいくらか表情が落ち着いたように

も見えた。

　そして8月の終わり、先生が「今晩あたりだろう」と言った。いろんな人が会いに来てくれた。父と母とわたしは、最後に少しだけ時間をもらい、家族4人でいろいろ話した。悲しくて、悲しくて、そしてとってもあたたかかった。
　その夜、姉は大好きな人たちに見守られながら息を引き取った。みんながいた。みんな、泣いていた。姉の顔が天使のように安らかな顔にどんどん変わっていった。体中にささった管を取ってもらって、姉はもとの元気な姉に戻って眠っているだけなんじゃないかとさえ思えた。きれいでやさしい、もとの姉だった。

　最期が来るとわかっていた。最期が近いとわかっていたから、できる限りのことをした。彼女の望みであろうと考え付くことはすべてしてあげたいと思い、すべてを投げ打ってそのようにした。
　しかし、姉を天に送った後、わたしを常に苦しめたのは、後悔だった。
「あれもしてあげればよかった」「これもできたはずだ」という思いは尽きることなくあふれて、わたしを責めた。もっとできた。もっともっと、できたはずだ。足りなかったんだ。わたしはなぜ

もっと睡魔と闘えなかったのか。なぜ3食に時間を取ったのか。もっと聴きたい音楽はなかっただろうか。闘病中に去って行った婚約者は、会いには来られないが今もあなたを思っているのだと、明白な嘘でもつき通したらよかったのか…。

　精一杯を捧げたはずなのに、なぜこんなにも後悔があとからあとから襲うのか。

　大切な人をなくして、後悔しない人なんているのだろうか…

　そして2001年9月、ニューヨークで9．11と呼ばれる同時多発テロが起きた。
　それからしばらくして、友人から1通のメールが届いた。それは英語で書かれた一篇の詩で、読み始めると、姉との思い出が次々と浮かび、ぼろぼろと涙がこぼれた。特別豪華な旅行や華々しい場面の思い出ではなく、詩の前半に表されているような何でもない日常の中の姉を、いつも一番なつかしく思い出していたからだ。
　我が家に残されているホームビデオは、旅行やパーティーやさまざまな場面の姉を記録しているが、わたしが繰り返し見るのは、姉が自分の部屋で好きな歌を口ずさみながら大切なジャズのLPレコードの手入れをしている場面だ。ありのままの表情で、姉は

カメラを回すわたしを時々見て微笑んだり、つまらないおしゃべりをする。ふたりで笑う。階下で母が廊下を歩く音がする。庭で来客を知らせ犬が吠える。

　マイクが拾うわたしの声も、この目の前にいる姉を1年後に亡くすことになろうとは知るはずもなく、明るい。こんな時間が、あと何十年も当たり前に続くと思っていた。こんな何気ない時間の尊さを、わたしは知らずにいた。

「むっちゃん、いちばんたいせつなのはね、いつだって、やさしいこころなんだよ」
　姉はことあるごとにそう言っていた。
　そしてその言葉通り、彼女は本当にやさしかった。
　姉とわたしはまるで双子のように、顔も考え方も似ていたが、姉は誰にでもやさしく、わたしは頑固だった。
　姉がいつも言葉と態度で教えてくれたやさしさ。それを今度は自分が伝えていくのだと決めたのに、わたしには、彼女のように心を込めて、自然にそれを実践していくのは難しい。
　でも、この詩を日本語に訳すことで、より多くの人に読んでもらえたら、彼女の心を伝えることができるのかもしれない。わたしでも、役に立てるかもしれない。

そんな気がして、わたしはすぐに翻訳を始めた。

　詩を掲載した後、ホームページを経由して、多くの人から感想が届いた。
　家族を亡くした人からは「毎日、この詩のように思いながら暮らしてきた」という声、まだ家族が健在な人からは「これからは家族を心から大切にしていこうと思う」という声が寄せられた。また、教育関係者からは「ぜひ授業で使わせてください」という嬉しいものも多くあった。

　この詩を翻訳してみて、なんとなくわかったことがある。
　愛する人を失った時、どんなに心を尽くしても自分の足りなさを歎かずにはいられない。それはもしかしたら、その人を忘れないでいたいという心の表れなのかもしれない。自分のためよりも、むしろその人の魂のために。
「誰が忘れても、わたしはあなたを忘れない。あなたの命の輝きを、あなたの笑い声を、涙を、ぬくもりを、みんなが忘れても、わたしだけは忘れない。あなたの魂は、決して孤独ではない」ーそんな思いで、その人の魂に必死につながろうとしているのではないか。できなかったことを後悔したくないという利己的な思い

ではなく、愛する人の幸せを心から祈る、聖い思いゆえではないのか。

　答えは出ないが、わたしはそう気づいたことで後悔のループを少しだけ抜け出すことができた。

　後悔がまったく消えることはないのかもしれない。でも、自分が後悔しないためではなく、大切な人への思いを素直に伝えて、その人の今日１日を、自身の今日１日を、最高に幸せでかけがえのないものにするために、わたしはこれからも心からの思いを言葉や態度で表していきたいと思う。

　この詩を読んで心を打たれた日本中、世界中の人々が、「大好きだよ」「ごめんね」「許してね」「ありがとう」「気にしないで」という美しい音を、今日またどこかで、生み出している。

　このような素晴らしい詩をわたしたちに残してくれた作者ノーマ・コーネット・マレック氏に、そしてわたしにこの詩を訳そうと思わせてくれた愛すべき姉・かおりに、尽きない感謝と尊敬の意を表したい。

心から、ありがとう。

2007 年 5 月 21 日　佐川睦

震災のあとに　イラスト版に寄せて

　この詩を訳してから15年ちかくになる。たまたまこの詩に出会って日本語に訳しただけのわたしに、たくさんの人が「すばらしい本をありがとう」と言ってくれた。その度に、「この『ありがとう』を天国にいるノーマに、わたしの愛する人たちに、そしてこの言葉をくれたあなたに、心を込めて送ります」と答えてきた。　わたしも時々この詩を手に取って自分の心や言葉や態度を振り返るけれど、（特に大好きな人の前では）ぜんぜん素直になれないようなわがままで自分勝手な自分に気付かされる。でも、そこで自己嫌悪におちいって「わたしなんか……」と下を向いている時間は、わたしたちにはないということを、この詩は教えてくれている。こんなダメな自分をありのままで愛してくれている家族、恋人、友だち、先生……明日が来ないかもしれないなら、与えられているこの『今』を、その人たちに「ありがとう」「ごめんね」「大好きだよ」って伝えるために、表すために使わなくちゃ。明日が来ないかもしれないから。明日からは、会えなくなってしまうかもしれないから。

2011年3月11日の大きな地震と津波、続く原発事故。何気ない、だからこそ尊く愛おしいわたしたちの日常を、あまりにも突然に、乱暴に、むしり取った。大好きなあの人との当たり前の明日は、やって来なかった。お気に入りの場所で過ごすいつもの時間が、押し流され、閉ざされ、失われた。東日本は、幾日も幾月も、多くの「なぜ？」を胸に重く抱えて、眠れない夜を過ごした。夜空を見て「こんなに悲しいのに、なんで星空は変わらずこんなに美しいんだろう」と時に恨めしく言って、泣いた。昼には明るい太陽を見上げることができず、涙をこぼしながらうなだれてとぼとぼ歩いた。みんなの心が傷んで、血を流した。実はわたし自身も、福島第一原発から8キロのところにあった自宅を追われ、いわゆる『原発難民』として流浪の避難生活を送ることになってしまった。経営していた英語学校は閉鎖となり、通ってくれていた100名以上の生徒たちも同様に、全国へ散り散りに避難していった。「さよなら」も「ありがとう」も言うことはできなかった。毎週のように会っていた人たちが、津波にさらわれて戻ってこなかった。

　「最後だとわかっていたなら」——タイトルにもなっている、この詩の冒頭のフレーズ。姉と母を失い、わたしは心のどこかで「わたしにはもうこんなに悲しい別れは、これ以上起こらないだろう」

と思っていたのかもしれない。それなのに、こうしてもう一度、この言葉が何度も何度も心に染みのようにじわりと現れる。その染みが消えるのを待たずに、また違う色の染みが、そこにじわり、あちらにもじわり。日常をすっかり奪われてしまったので特にしなければいけないこともなく、避難後の数ヶ月はその心の染みのまだらな模様をぼんやりと見つめていたような日々だった。見つめながら、わたしたちが失い恋しがっているのは、肉体的な命や、家や持ち物や仕事や故郷の物質的な面ではなくて、そのそれぞれの真ん中にある「心のつながり」なんだなあと感じていた。

　震災がきっかけでこの本を手にとってくれた人たちが、わたしに感想を送ってくれた。家族を亡くした人、育った家や故郷を失った人、恋人や友達と離れ離れになってしまった人……多くの人が、悲しみを抱えていた。わたしも、そうだった。メールや電話で、思いを分かちあった。わたしたちはなんの答えを見つけるつもりでもなく、悲しいままで、ただ一緒に静かに座っていたかっただけなのかもしれない。
　でも、わたしたちはゆっくりと気づいた。それぞれが胸にしまっていた悲しみを、少し勇気を出して手のひらにのせて持ち寄ったその輪の真ん中に、小さなろうそくのともしびのような、ほの

あたたかくはかなげな光が灯ったこと。悲しみが消えるわけではないけれど、わたしたちは決してひとりではなくって、悲しみが寄り添うところにこそそのささやかな火は灯り、それを携えて歩くなら、心の傷を負って暗闇にひとり座っている誰かに出会ったとき、それをそっと差し出し、少しの光と少しのあたたかさを手渡すことができるということ。

　その光とあたたかさこそ、ノーマが子どもを失うという決して消えない深い悲しみの中で静かに灯し、この詩を通してわたしたちの心に送ってくれた、まさにそのともしびだった。悲しいことがまったくない世界なんて、この世のどこにもない。でも、その小さな灯りを手に、わたしたちは歩いて行こう。吹き消されそうな時には、肩を寄せ合って、一緒にそれを守ろう。わたしたちは、ひとりじゃない。

「夕暮れには涙が宿っても、朝明けには喜びの叫びがある。」
　　　　　　　　　　　　　　　　　　　　　　　——聖書

　　　　　　　　　　　　　　　2015 年 12 月 21 日　佐川睦

A tribute to a beloved child I lost, in hopes it would cause people to never be careless or too busy to let our loved ones know we love them.

        Norma Cornett Marek

今は亡き、愛する我が子に捧ぐ——
この詩を読まれるみなさんが、
無関心や忙しさから愛する人にその愛を伝えることを
忘れてしまわないように、
この詩が、それを伝えるきっかけになるように、祈りつつ。
        ノーマ・コーネット・マレック

ノーマ コーネット マレック　Norma Cornett Marek

1940年、ケンタッキー州ラインフォーク生まれ。美しい山々に囲まれた大自然の中、祖母に育てられる。詩や絵の才能にめぐまれ、幼い頃から数々の作品を残す。本書の原作「Tomorrow Never Comes」は、ノーマが亡くなった息子サムエルに捧げた詩で、1989年に発表された。その後、2001年より主にインターネットを活用し、自身の作品を発表し続け、2003年に末期がんを患う。2004年、64歳で永眠。
http://www.heartwhispers.net/

佐川　睦　Mutsumi Sagawa

1969年、福島県生まれ。米国カリフォルニア州サンディエゴへ留学、大学院で英語科教授法と教育学を学ぶ。帰国後、福島県富岡町で、震災後は移住先の同県いわき市で、キリスト教立の英語学校「ZION Language House」を経営し、ココロとアタマとコトバの教育に専心する。
http://www.zionlanguagehouse.com

panaki　ぱなき

1992年、大阪府生まれ。イラストレーター。本作がはじめての本。本屋さんで出会った『最後だとわかっていたなら』の詩に感動して、イメージイラストを描き、ツイッターにアップしたところ、13000リツイートされ10代20代の少女の間で大きな話題になった。同世代の女の子や、カップルのしあわせな瞬間を描くのが好き。

最後だとわかっていたなら　イラスト版

2016年2月1日　初版第1刷発行

著　者　　ノーマ・コーネット・マレック
訳　者　　佐川睦
イラスト　panaki

デザイン　井上新八

発行者　　鶴巻謙介
発行・発売　サンクチュアリ出版

〒 151-0051
東京都渋谷区千駄ヶ谷 2-38-1
TEL　03-5775-5192　　FAX　03-5775-5193
URL　http://www.sanctuarybooks.jp/
E-mail　info@sanctuarybooks.jp

印刷・製本　株式会社 シナノ パブリッシング プレス

©Norma Cornett Marek 2007,
©Mutsumi Sagawa 2007,2016,
©Panaki 2016,
©English reprint and Japanese translation rights arranged with Judith Bibby
through Japan UNI Agency, Inc., Tokyo.
Printed in Japan

本書の内容を無断で、複写・複製・転載・データ配信することを禁じます。
定価および ISBN コードはカバーに記載してあります。
落丁本・乱丁本は送料弊社負担にてお取り替えいたします。